AF331390

A MONSIEVR DE LAFFEMAS,

LIEVTENANT CIVIL.

STANCES.

Rand Aristarque de la France,
Magistrat plein d'integrité,
Qui sçauez auecque clemence
Temperer la seuerité;
Rare esprit que l'Europe admire,
Qu'on voit au Chatelet reluire
Comme dans le Conseil du Roy,
Et par vne sage pratique,
Dans la guerre & la politique,
Garder toûjours l'ordre & la Loy.

A

De long-temps ma veine animée,
De l'ardeur d'vn si beau sujet,
Auoit pour vostre renommée
Déja formé quelque project ;
Mais n'ayant aucune matiere
Qui fût assez particuliere
Pour me donner vers vous accez,
Ne le pouuant d'vne autre sorte,
Enfin j'ay choisi pour escorte
L'incident d'vn petit procez.

Aussi bien puis que chacun ose
(Par excez de vostre bonté)
Le plus souuent pour peu de chose
Implorer vostre authorité ;
Ma Muse auecque confiance
Vient vous demander audience,
Dessus l'appel d'vn Iugement
Prononcé par vn Commissaire,
Qui dit n'estre pas necessaire
De me taxer sur mon serment.

Le faict est ; Que malgré les fuites
De Louys Bertin debiteur,
I'obtiens enfin sur mes poursuittes
Sentence, dont ie suis porteur:
Et pour vaincre la perfidie,
Ie me transporte en Picardie
Où sont situez tous ses biens,
Ie fais saisir ses heritages
Auant qu'on procede aux partages
Qu'il doit faire auecque les siens.

I'ay dedans la ville de Roye
Sejourné pour le moins six jours,
Et s'il est besoin que j'employe
Toute ma traitte en ce discours,
Ie suis party d'vne autre Ville,
Mon ordinaire domicile,
A vingt & trois lieües de là,
Auec deux cheuaux de ma suitte,
Et le tout pour cette poursuitte,
N'ayant procez que pour cela.

A ij

L'on dit qu'ayant un Benefice
Assez proche de ces quartiers,
Ie ne dois auecque justice
Esperer mes frais tous entiers,
Et qu'estant Ecclesiastique
Ie fais ma despense modique,
Enfin ce Iuge Laboureur,
Par sa belle Iurisprudence,
Sans raison & sans apparence
A debouté mon Procureur.

Mais apres tout, de la Charruë
Ne prouient que rusticité,
Et d'une affaire mal conçeüe
Un jugement sans equité :
C'est faire tort à la Gazette
De dissimuler la Conqueste
Et le violent attentat,
Que d'une fureur trop hardie
Ont fait dedans la Picardie
Les ennemis de cét Estat.

L'on sçait que la ville de Roye,
Reste seule sans secours,
Dans peu de jours se vit la proye
De tous ces funestes Vautours,
C'est dans ce pays de Santerre,
Siege principal de la guerre,
Où fut jadis mon Prieuré,
Mais au despart de cette armée
Rien n'est resté que la fumée
Des flames qui l'ont deuoré.

C'est là que depuis deux années
Toutes les terres & maisons
Sont en friche & abandonnées
Pour les coureurs, & garnisons,
Et ce lieu qui fut si fertile,
N'est plus qu'vne plaine inutile,
Dans l'horreur & les mauuais bruits;
Et les desastres de la France
Nous mettent bien hors d'esperance
D'en tirer si-tost aucuns fruits.

Si bien que n'ayant ny retraitte,
Ny reuenu dedans ce lieu,
L'affirmation que j'ay faite
Est veritable deuant Dieu:
Quant à ce que le Commissaire
Dit qu'il ne peut me satisfaire
Auec conscience & honneur,
Que ie meine trop d'esquipage,
Je crois que ce bon Personnage
Me prent pour vn frere Mineur.

Bien que le zele me reduise
Aux termes de l'humilité,
Pourtant dans le siecle & l'Eglise
Ie suis homme de qualité,
Et le lustre de ma naissance
M'approche auec plus d'asseurance
De ce genereux Laffemas,
Qui de long-temps a fait paroistre
Que le Ciel ne l'auoit fait naistre
Que pour regler de grands Estats.

LITANIES
DE LA SAINTE VIERGE,

POVR Mme D. B.
Eſtant griefuement malade.

Ans l'effort du mal qui me tuë,
Sous le faix de l'aduerſité,
Grand Dieu, plus ie ſuis abbatuë,
Plus ie cognois voſtre bonté,
Reparateur de la Nature,
Si ie ſuis vne creature
Indigne de voſtre amitié,
Pour les grands defauts de ma vie,
De grace au moins ie vous conuie
De me regarder en pitié.

Esprit qui ne verses que flammes,
Et dont les puissantes ardeurs
S'introduisent dedans nos Ames,
Pour en escarter les froideurs,
Faitez esclatter dans ma poitrine
Vn rayon de grace diuine,
Chassez cette fievre d'Enfer,
Qui me faisant guerre mortel'e,
Traitte ma chaleur naturelle,
Comme si j'estois bronze ou fer.

Sainte Trinité que j'adore,
Trois personnes en vn seul Dieu,
Vostre bras tout-puissant j'implore
Pour me retirer de ce lieu,
Ou ie me vois dans la meslée
Des maux dont ie suis accablée,
Qui (ie crois) dureront toûjours,
Si du throsne de vostre gloire
Vous ne me donnez la victoire,
Par l'enuoy d'vn puissant secours.

Azyle

Azyle de l'ame affligée,
Sainte Mere de mon Sauueur,
L'amertume où ie suis plongée
S'adoucit par voſtre faueur :
Malgré les mortelles atteintes,
Qui donnent l'eſſor à mes plaintes,
Et violentent ma raiſon,
I'eſpere auecque confiance
D'obtenir par voſtre aſſiſtance
Vne parfaite guariſon.

O Mere de grace diuine,
Mere de toute pureté,
Qui ceüillez comme dans l'eſpine
Les roſes dans l'aduerſité :
Ordonnez que bien-toſt j'eſprouue,
Le ſoulagement que l'on trouue
Lors que vous guidez noſtre ſort,
Sans vous ie n'ay plus de courage,
Et ſi vous n'eſcartez l'orage
Ie ne pourray ſurgir au port.

B

Mere tres-chaste, mere aymable,
Dont le merite est sans pareil,
Cause rare! effet admirable!
Rayon qui produit vn Soleil:
O Mere pleine de merueille,
Comme ie me vois à la veille
D'augmenter le nombre des morts,
Malgré l'enfer, qui m'espouuante,
Vous m'auez renduë puiſſante
Contre ses funestes efforts.

Lors que Dieu d'vne voix feconde
(Par vn excez d'amour qu'il vt)
Ietta les fondemens du monde,
Il concerta noſtre salut :
Et vous choiſiſſant pour sa mere
Il vous fit la depoſitaire
Des threſors de sa paſſion :
Vous pouuez tout, veüillez de grace
Aggréer que bien-tost ie paſſe
Ce grand détroit d'affliction.

XI

Vierge, de qui les ſaints Oracles
Nous rapportent tant de hauts faits,
Dont les projects ſont des miracles,
Et les volontez des effets:
Vierge incomparable en prudence,
Si vous embraſſez ma deſſence
Quels maux pourront me trauerſer?
Si vos lauriers ſont ſur ma teſte,
Ie ne crains plus que la tempeſte
Puiſſe deſormais m'offencer.

Mais encor outre la puiſſance
Qui fait trembler vos ennemis,
Vous pardonnez auec Clemence
A tous ceux qui vous ſont ſoubmis;
Si bien qu'eſtant toûjours fidele,
Vous obligez l'ame rebelle
A reuerer Ieſus ſon Roy,
Et comme un miroir de juſtice,
L'épurant de toute malice,
Vous la reduiſez ſous ſa Loy.

C'eſt chez vous (apres la Victoire
Remportée ſur le Demon)
Où ſe voit vn throſne de gloire
Dreßé pour le grand Salomon:
Beau ſejour de la ſapience,
Seul obiect de ma confiance,
Vaiſſeau ſacré, Temple d'honneur,
Principe de noſtre allegreſſe,
C'eſt chez vous qu'on trouue l'adreſſe
De la grace, & de tout bon-heur.

* * *

Vous eſtes la roſe Myſtique,
Dont l'odeur embaume nos ſens,
Qui joint à la troupe Angelique
Les cœurs chaſtes & innocens:
Vous eſtes auſſi la fortereſſe,
Où ſouuent l'humaine foibleſſe
A trouué de puiſſants ſecours:
Tour du grand Dauid, Tour d'yuoire,
I'auray vos bien-faits en memoire
Iuſques à la fin de mes jours.

N'est-ce donc pas auec justice,
Que dans vostre sainte Maison
Ie viens m'offrir en sacrifice
Pour obtenir ma guarison :
Ie sçay bien que cette victime
Est fort inegale à mon crime,
Mais vostre admirable bonté
Confortant ma pauure ame outrée,
Fait qu'elle ose esperer l'entrée
Du Ciel à toute Eternité.

O Belle Estoille matiniere,
Qui nous fites poindre le jour,
C'est par vostre heureuse lumiere
Que nostre joye est de retour :
Conduitte des Ames errantes,
Secours des personnes mourantes,
Refuge vnique des humains,
Bon-heur des pauures affligées,
Mes douleurs seront soulagées
Quand vous m'aurez donné les mains.

Mais pour parler de vos loüanges
Auec des dignes sentimens,
Ie feray sçauoir que les Anges
Reuerent vos commandemens ;
Que ces Ierarchies aislées,
A vous seruir toutes zelées,
Obseruent toûjours dans les Cieux
Auec des ardeurs nonpareilles,
(Pour executer vos merueilles)
Les saints mouuemens de vos yeux.

Ie diray que vous estes Reine
Des Patriarches & des Roys,
Que le Ciel est vostre domaine,
Et que la terre est sous vos loix,
Que mesme tous les saints Prophetes,
Aux cognoissances plus parfaites
Qu'ils ont de la Diuinité,
Vous aduoüent pour la lumiere,
Et l'intelligence premiere,
Qui leur fit voir la verité.

On vous cognoît auſſi pour Reine
De tous ces grands Legiſlateurs,
Qui dedans la rigueur mondaine
Ont vaincu les perſecuteurs,
Vos ſoins ont fait que les Apoſtres
Quittans les Iuifs, ſe ſont faits noſtres,
Et parmy la rage des lous
Cette troupe encore fragile,
Pour le maintien de l'Euangile
N'auoit autre ſupport que vous.

Lors qu'on creut voir perir l'Egliſe
Auecque voſtre Fils mourant,
Vous futes l'Aurore promiſe
Où le monde alloit aſpirant,
Les ſaints Martyrs pleins de courage
Brauoient les fureurs & la rage
Des bourreaux, eſleuans leurs cœurs
Au meilleu des plus grands ſupplices,
Uers vous Reine de leurs delices,
Pour eſtre conſtans & vainqueurs.

Ie reuere encor la prudence
De ces grands Docteurs & Prelats,
Qui porterent par leur constance
Le monde comme des Atlas:
C'est par vous que les pures Ames
Ont amorty toutes les flammes
Qui trauersoient leurs bons desseins:
Le Firmament vous enuironne
Et vous presente vne Couronne
Dans la gloire de tous les Saints.

www.ingramcontent.com/pod-product-compliance
Lightning Source LLC
LaVergne TN
LVHW050254030726
842520LV00006B/2367